KB214894

도토리묵 쑤기

마음이 외로운 어린이를 위한
진홍원의 제3동시집

도서출판 청어

도토리묵
쑤기

마음이 외로운 어린이를 위한
진홍원의 제3동시집

〈서시〉 동심의 시

동심의 시를 쓰는 일은
머리에 비를 맞는 일이다
비 맞고 파릇파릇해진 마음으로
가슴을 켜고,
비에 씻긴 세상 찾아가
눈 반짝이며 인사하는
어린이가 되는 일이다

동심의 시를 쓰는 일은
가슴에 눈을 맞는 일이다
새록새록 추억의 난로 피워 놓고
꿈으로 가슴 밝히며
눈 쌓인 세상 찾아가
한 아름씩 껴안아 보는
어린이로 다시
태어나는 일이다.

차례

제3부 '엄마와 도배하기' 등 23편

제4부 '펭귄' 등 14편

제1부

'키 작은 나무의 소원' 등 12편

*검은머리물떼새

추운 바람 헤치고 숲과 늪 찾아왔다야
검은머리물떼새

까만 머리 하얀 배, 빨간 주둥이 짧은 발
하늘을 헤치고 왔다야
검은머리물떼새

해마다 철새길 따라
살기 좋은 곳 찾아 떠나는
머나먼 나라 손님 새,

올해는 우리 땅이 좋다고
떼를 지어 왔다야
검은머리물떼새

*꽃잔디

"얘, 우리들끼리 놀자."
"그래, 그래."

낄낄낄낄, 깔깔깔깔
웃음소리가 잔잔히 들려온다
키 큰 애들과는 떨어져서
조막만한 애들이 떼지어 뭉쳐서
고개들을 한곳에 모으고
무엇인가 숙덕거리고 있다

빨강, 분홍 웃음 뿜어내며
작고 앙증맞은 예쁨 뿜어내며….

*나무들의 눈과 귀

나무들은
밤이 되면 눈을 안으로 뜨고
귀를 안으로 모은다

제 안의 소리 듣고 싶어
귀를 안으로 모으고
제 안의 빛 보고 싶어
눈을 안으로 뜬다

잎이야 사각사각 흔들리지만
호수같이 깊은 나무들의 잠

하지만, 아침이면 다시
반짝 뜨이는 나무들의 눈
방긋이 열리는 나무들의 귀.

*네잎클로버 찾기

내게도 행운이 오리라고
풀잎 나라 클로버 동네를 찾아
네잎클로버를 찾아갔어요

깨끗한 바람과 물만 마셔
머리를 맑게 하고
빨간 가방을 메고 빨간 자전거를 타고
나무다리를 건너 나 혼자서요

한나절이 지나고
다시 한 집 한 집 다 찾은 뒤에야
햇빛 속에 반짝이는 그
네잎클로버 하나를
찾을 수 있었어요

*문밖에서

-외할아버지

들꽃이 나를 붙잡아
들꽃 보는 동안
내 앞장을 서시는 할아버지,
어서 오라 손짓하시며
천천히 앞서가시네
저만치서.

풀길에 주저앉아
오래오래 풀잎 냄새도 맡아 보고
흠흠, 맑은 공기 듬뿍 들이마셔도
이윽히 바라만 보시고,
쪼로롱 달려서 쫓아가면
뒤를 보시고
어서 따라와 보라고
손짓하시네.

들꽃이 피어 들이 향기롭네
나를 기다려 주시는 분이 있어
세상이 향기롭네
외갓집 문밖에서.

*목련

하얀 치마 입고 긴 머리 늘어뜨린
누나 같다
봄이 오는 길목에 목련 한 그루,
나들이 차림으로 웃고 서 있다

고샅길 나갈 때마다 내 손 잡아주던,
울고 싶을 때마다 내 곁에 다가와
가만히 안아주던,
언제나 우리 집 구석구석 쓸고 닦으며
빛을 내던
우리 누나,

이제는 멀리 가 버린 누나를 그리며
새 봄빛에 하얀 웃음 머금고 서 있는
목련을 본다

*벌레 한 마리

쌀에서 나왔는지 어디서 나왔는지
벌레 한 마리가
꿈틀꿈틀 기어서 간다
자벌레처럼 크게 몸을 흔들면서
앞으로 앞으로만 기어간다.

좁고 어두운 곳에서 나왔으니
더 환한 곳을 향해 나아가리
사람 눈에 띄는 순간 잡혀
없어질지도 모르지만
그래도 저렇게 움직이는 것이
기쁘다는 듯,
꿈틀꿈틀 기어서 간다
앞으로 앞으로….

*새들의 교실

하늘 향해
짹짹거리는 참새를 보며
우리가 책을 읽는다
"나,
 너,
 우리…,"

선생님 따라
책 읽는 우릴 보며
참새들이 책을 읽는다.
"짹,
 짹,
 짹짹…,"

누가 빠르나
공중을 한 바퀴 휘돌아와선
또 참새들이 책을 읽는다

"찍,
 찍,
 찍찍…,"

참새들도 숨이 차
'짹'을 '찍'으로 읽는다.

*첫인사

얽히고설키고 가시덩굴에 갇혀
세상 보기 어렵더니
어느 날 구름 사이
햇살 비치고 푸른 하늘 보이네!

“안녕, 이제사 철이 드는 친구야
이제 세상이 보이니?
이렇게 세상이 너만은 아니지?”
옆에 뒤에 가득 찬 얼굴들이
잡목 사이 고개를 든 나에게
반갑게 인사를 한다

나도 인사를 할밖에…,
“안녕, 친구들아!
너희들은 벌써 그렇게 컸니?
우리, 이렇게 지내도 괜찮지?”

아주 어색하게

부끄러움 가득한 얼굴로.

*새 학년 첫날

선생님이 들어오실 때부터
가슴이 뛰었어요
선생님이 웃으실 때마다
가슴에 풍선을 달고
선생님이 말씀하실 때마다
새로운 기차를 타고
새로운 나라로 떠나가는
나는
언제나 새로운 아이

*치명자산 · 2

해마다 치명자산*에 솔잎 푸르러
오르는 가슴가슴 초록불 이네

어두운 세상에서 빛을 보신 분들
그 빛 향해 나아가다가
피 흘리신 자욱자욱 진달래 피어
산자락 이랑이랑 붉게 물드네

오르는 이 가슴에도 진달래 피어
한 송이 고운 부활 이루었으면….

*치명자산: 전북 전주시에 있는 천주교 순교자들의 묘지가 있는 산.

*키 작은 나무의 소원

내 눈을 가리고 서 있는 저 키 큰 나무요,
좀 비켜설 수 없나요?
나도 몰라요
왜 내가 이렇게 작고 못생겼는지,
키 큰 애들 틈에 끼어
잘 보이지도 않고
무엇이나 잘 못하는지….

하지만 지금은
목덜미에 감기는 이 바람이
너무 간지럽고 시원해요
또, 저 눈부신 햇빛 좀 보게….

어이, 거기 서 있는 밋밋하게 뻗은 나무요
좀 비켜설 수 없나요?

제2부

‘비석 공장’ 등 28편

*가뭄 끝에

나무들이 머리 감고
수줍게 웃는다

"에게, 요것뿐야?"
길가 풀들이
갸우뚱 머리 흔들고,

떼로 몰려있는 돌멩이들이
머리를 들썩인다
물줄기
밑으로 흘려보내며,

논에선 새로 심은 모들이
일제히 일어나,
"만세! 만세!"
만세 부르고,

이쪽 끝에서 저쪽 끝까지
온 들녘이
푸르게 푸르게
함성을 지른다.

*곰소항

아득한 옛날부터 사람들은 고기를 잡았다네
도미, 갈치 같은 큰 고기부터 멸치, 새우 같은 작은 고기,
물메기, 아귀 같은 흉측한 놈까지
지금도 곰소항에 가면 닥지닥지 늘어선 생선 가게들

사람들은 고기들을 갈무리하느라
짠 소금에 재어 놓았다네
멸치젓, 갈치젓, 새우젓, 오색 잡젓…
지금도 곰소항에 닥지닥지 늘어선 젓갈 가게들

사람들은 바닷가에 울타리를 만들고
바닷물을 가두어 소금을 만들었다네
지금도 하얗게 늘어서 있는 곰소항 소금밭

오늘도 사람들은 쉴새없이 찾아와
바닷고기 한 꿰미와 바다 젓갈 한 사발과
바다 냄새 흠뻑 안고 돌아간다네.

*곤충 박물관

나비, 풍뎅이, 딱정벌레, 반딧불이…,
수십 개의 곤충 나라가 반짝반짝 빛나고 있었네

풍뎅이 나라는 장수풍뎅이, 가슴빨간금풍뎅이…,
나비는 부전나비, 배추흰나비, 긴꼬리제비나비…,
곤충 나라는 다시 수십 개의 곤충 동네가 모여
팔랑팔랑팔랑팔랑 팔랑거리고 있었네

우리가 사는 곳 근처엔
또 우리가 모르는 곤충 나라가 있어
찌르찌르 찌찌르르 소리를 내며
깜박깜박 알록달록 빛을 뿜으며
저희들끼리 재미있게 살고 있었네.

*그림자벌레

벽에 딱 붙어
꼼짝달싹 않는 그림자벌레,
먼지처럼 앉아 있다가
어느새
있는 듯 없는 듯 기어간다
그래도 꺼림직해
휴지에 싸서
살며시 집어 든다

어느 땐 내 마음에도
그림자벌레 하나 있다
있는 듯 없는 듯 드리워진
그림자벌레,
그 그림자 지우려고
이렇게 힘껏
달려간다
이렇게 노래 한 구절 크게
불러 본다.

*다시 6·25를 맞아

그날 님들은,

철모 위로, 찢어진 군복 위로
몸을 가린 나뭇잎만 앞으로 나아가며
나뭇잎 아래 검은 눈동자
적진을 향해 반짝였으리.
온 국민의 염원 새기며
바람처럼 운동장을 휘몰아 가던
태극 전사들처럼….

그날, 님들은,

눈에 밟히는 이
귀에 쟁쟁한 소리 모두 잊고
오직 환하게 빛날
내일의 태양을 향해
앞으로 앞으로 나아갔으리.

다가오는 푸른 세상 보며
붉은 노을에 목을 내민
순교자들처럼….

*더듬이 하나로

개미들이
자갈길을 건너고 있다
저 쬐그만 더듬이 하나로….
개미들이
언덕길을 오르고 있다
가는 허리 뒤뚱이며….
개미들이
짐을 나른다
저 쬐그만 갈퀴입으로….

나도 간다
자갈길 건너
언덕길 오르며
때로 등에 겨운
짐 지고
오직 내 머릿속
작고 여린
더듬이 하나로….

*모기

내 머리에 앉은 모기를
탁 쳤어요

모기는
'에잇, 아직 초보 수준이구만!'라는 듯이
날아갔다가 '윙' 다시 날아왔어요

모기를 노려보다가
모기에게도 동정심이 있을까
엉뚱한 생각이 들었어요

내 다리를 물어서 이렇게
퉁퉁 붓게 만들었으니까요

*모두가 비를 맞는다

모두가 비를 맞는다
우쭐대는 풀잎들이
휘청대는 나무들이,
우산을 쓴 사람도
우산을 쓰지 않은 우체통도
비를 맞으며
생각에 잠겨 있다

비를 맞으면
모두가
다소곳한 자세들이다
방 안에 있는 나도
지붕 위로 비를 맞으며
오래오래 기다리던 소식이
올 것만 같아
어디선가 올 것만 같아
귀를 기울이고 있다

*백양사 산새

후리리히 후리리호
백양사 산새들은
울음도 초록빛이다

초록빛 숲속에 초록빛 집을 짓고
초록 나무 사이 초록빛 절을 지어

후리리히 후리리호 -
백양사 산새들은 종일
초록빛 불공을 드린다

*벽촌 사람들

홍부놀부 때부터 산기슭에
제비집 같은 집을 짓고
홍부놀부 이야기처럼
살아간다

바람 불면 흔들리다가도
비 맞으면 휘청 허리 펴는
소나무처럼 곧게 일어서서
시냇물 소리처럼
흘러서 간다

흙담에 바람 길들 듯
아침마다 새소리에 깨어 일어나
온종일 흙에 묻혀
쇠똥구리처럼 살아가는 사람들

종일 산밭 매만지다 산비탈 내려오는

할매 눈에

문득 노을이 켜진다.

*비석 공장

비석 공장 아저씨가 온종일 앉아
돌과 씨름을 한다
샅바 끈 놓쳤다고 떼쓰는 선수처럼
돌을 안아 얼러보기도 하고
쓰다듬어도 보고
조심조심 돌에 정을 댄다

날카로운 정 소리에
햇살도 놀라 비껴서는 오후,
돌가루 날리어 돌가루모자
허옇게 뒤집어써도
아저씬 종일 공장 한쪽
햇살방석 깔고 앉아
돌과 뜨건 숨을 나눈다

그러면 다음 날 해 질 무렵이나
다음다음 날 해 뜰 무렵에
머리를 곱게 빗은 석상 하나가

세상에 나와 우뚝 서서
두리번두리번 주위를
둘러본다

*서울 아이들

밤새 별빛이 내려 환해진 골목을
일찌감치 빠져나가는 서울 아이들
창가에 내린 새들의 지저귐처럼
골목 안이
아이들 소리로 반짝반짝하다

하지만, 한낮엔
밀려오는 자동차들만이 거리를 채운다
빌딩들만이 버티고 서서
서울을 차지한다
지금은 방학인데
아이들은 다 어디로 갔을까?

허나, 저녁이면 또
쇼윈도우 기웃거리며 골목길 들어서는
서울 아이들 하얀 얼굴 위에
별빛이 내려

"별을 보아라. 별처럼 살아라."
속삭여 준다

*비가 오기 전엔 아이들 소리가 더 크다

오늘따라
잎이 날아가고 가지가 휘청,
비라도 오려나?

오늘따라 아이들 소리가
왜 이렇게 시끄럽노?
뛰어가는 아이들, 올라가는 아이들,
우는 아이들….
위층까지 쩌렁쩌렁
세상이 조금이라도 바뀌려나?

비가 오기 전엔
아이들 소리가 더 크다
어디 먼 데서부터
소나기라도 몰려오려나
귀 번쩍 뜨일 소식 하나
들려오려나?

*소나기

들끓던 신작로에 비가 내린다
그치지 않고 한동안 좍좍 내린다

날아가던 새들이 처마 밑에
길 걷던 사람들이 지붕 아래
황급히 숨어
옹기종기 비를 긋는다

무엇인가에 쫓기듯 가던 전과는 달리
한동안 가라앉은 차분함이 들어찬다
무엇인가를 기다리는 동안
소란했던 세상을 바꾸어 주는
이 깊은 잠깐 동안의 여유,

하느님,
들끓는 날엔 저희에게 비를 주소서
비를 주소서.

*싸리꽃 동산

엄마도 잠깐 나가셨는데
어떻게 저희가 할머닐
기쁘게 해 드릴 수 있을까요?
우리 집에 오셔서도
누워만 계시는 할머니,
다리를 주물러 드려도
아프시다고
"그만!" 하십니다

눈 마주칠 때마다 생긋
웃어 드리는 게 전부,
동생은 마당에 나가
할머니께 드릴 꽃시계를
만듭니다

그때 나지막이 들려오는
노랫가락 한 마디,

자리에 누우신 할머니가 부르시는
찬송가 한 소절이
할머니 베갯머리에서 흘러 나와
방 안을 빠져나가
뒷동산 싸리꽃 동산 위로
하얗게 하얗게 번져 갑니다.

*아줌마를 기다리며

아파트 안에 있는 작은 상가,
엄마 없는 사이 물건 하나를 팔고
문 앞까지 배웅하는데 비가 뿌렸다

“금방 갖다 줄 테니 우산 좀….”
아기를 업은 아줌마의 난처한 얼굴에
선뜻 우산을 펴 드렸다.

하지만, 아줌만 여태 오시지 않는다
엄마 왔을 때도 암말 못 했고
피아노학원 갈 때도 언니 걸 갖고 갔다

속이 상하고 찝찝하다
앞으로 빌려 달라는 사람에게
“없는데요.”
거절하는 내가 그려져
힘껏 도리질한다

하지만, 더 기다려 봐야지
그 아줌마 틀림없이 오실 거야
틀림없이….

*아카시아

푸르름이 밀려오는 유월의 언덕마다
오가는 가슴 가슴 오롯이 맺힌 소망들이
망울져 하얗게 맺혀 조롱조롱 피어 나네

해 뜨면 눈을 뜨는 우리들의 끝없는 생각
바람 불면 또 설레는 우리 가슴 이랑이랑에
그리움 가득히 맺혀 망울망울 피어 나네

*엄마의 얼굴

"호순아!" 부르시는 소리에
문득 바라본 엄마 얼굴,
미소를 띄우셨지만
햇볕에 타 까아만,
가까이서 보니 주름도 깊이 파인
엄마 얼굴 가만히
올려다본다

우리, 학교 보내놓고
밭에 쪼그리고 앉아
일만 하시느라
저렇게 까아만 얼굴이 되셨을까
우리가 속을 썩여
저렇게 얼굴에 주름이 지셨을까

주위를 둘러보니
빙 둘러앉으신 우리 동네
철이, 덕자, 민호네 엄마 모두
거무튀튀 쭈글쭈글 얼굴들이시네!

*여름 아이들

찰방찰방 물장구 소리 둑까지 들린다
벌거벗거나 늘어진 러닝셔츠 입고
얼굴도 팔다리도 새카매진 여름 아이들,
시원한 바람 지날 때마다 소리 지르며
이리 뛰고 저리 건너는 몸짓
햇빛에 반짝인다
"이리 이리, 아유! 너 땜에 놓쳤다."
멀리서 봐도 아이들은
바람이 마음 속에서 분다는 걸 안다

"얘들아! 뭐 좀 잡히니?"
"예. 그런데, 되게 작아요."
"그걸로 뭐 할 거니?"
"아니, 그냥 놔줄 거예요."
첨벙대는 소리 둑까지 들린다

*연꽃 · 2

바람아 불어라, 비야 쏟아져라
어디 내 몸 꺾어지나,

시리디시린 찬물 흘러 들어와도
스물스물 시궁창물 차 올라도
나는 한 송이 꽃을 피우렵니다

내가 사는 세상 시커멓게 차 올라도
물벌레 거머리 떼 달라붙어도
나는 기어이 피우렵니다
나만의 한 송이 환한 꽃.

*연필 깎아 주시는 선생님

초등학교 2학년 때, 우린 여느 날처럼 뭉툭해진 연필을 들고 선생님 곁에 줄을 섰다.

내 차례가 되자,

"우리 현애, 어제 친구 구하느라 물에 빠져 큰일 날 뻔했다지?"

연필심을 갈며 선생님이 속삭이셨다

그 전날, 무섭게 장맛비가 쏟아지던 날 개울을 건너다가, 물살에 발을 헛디뎌 떠내려가는 순희를 보고, 나도 모르게 그 애 머리챌 잡고 물을 빠져나오며 얼마나 가슴이 뛰었던지….

그때까지 오그라들어 있던 내 가슴이 선생님 말씀에 왈칵 눈물이 났다.

'그랬구나, 선생님은 다 알고 계셨구나. 미끄럼틀도 잘 못 타는 내가 느꼈을 그때의 무서움을…,'

하고 생각하고 있는데,

"어떻게 머리채 잡을 생각은 했니?"

연필을 깎으시는 동안에도 우리의 말못하는 마음을 가만가만 다독여 주시던 선생님의 모습이 전깃불에 번쩍 빛났다.

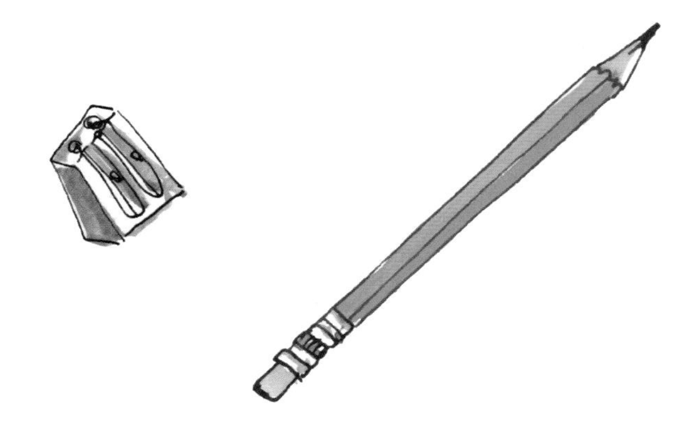

*열병

뜨거운 사막을 걷는다
여긴 물도 풀도 없는 아라비아 사막,
가도 가도 끝없는 모래벌판
내리쬐는 불볕
물 한 모금 없이 비틀비틀 걷는다
하늘엔 불꽃이 튀고
이따금 머리 위에 포탄이 떨어진다
몸이 공중에 떴다가 쿵 떨어진다

얼마나 지났을까
겨우 눈을 뜨니
날 열심히 지켜 보던 얼굴이
점점 크게 다가온다

"아, 엄마!"

그런데, 이상도 하다!

이렇게 심하게 앓고 나면
몸은 바닷속 깊이 가라앉지만
마음은 하늘에 뜬 애드벌룬처럼
둥둥 뜬다.

*잔디 깎기

뜨건 햇살 아래서
아저씨들이 잔디를 깎는다.

챙이 큰 모자로도
그 큰 태양을 다 가리지 못해
검게 탄 얼굴에 땀을 비 오듯 적시며
바닥 자갈돌과 풀나무 사이 잡풀만을 골라
익숙하게 풀 깎는 기계를
들이댄다.

드디어 교차로 옆 그 큰 잔디밭이
이발한 머리마냥 깨끗해졌다
그러기까지
날이 돌에 부딪힌 때도
엉뚱한 풀나무 베어 아파한 때도
많았으리

하지만, 지금은 저기
공중에 날리는 풀잎들의
초록빛 몸짓을 보라!
그 밑에 가지런히 정돈된
풀잎 계단들을.

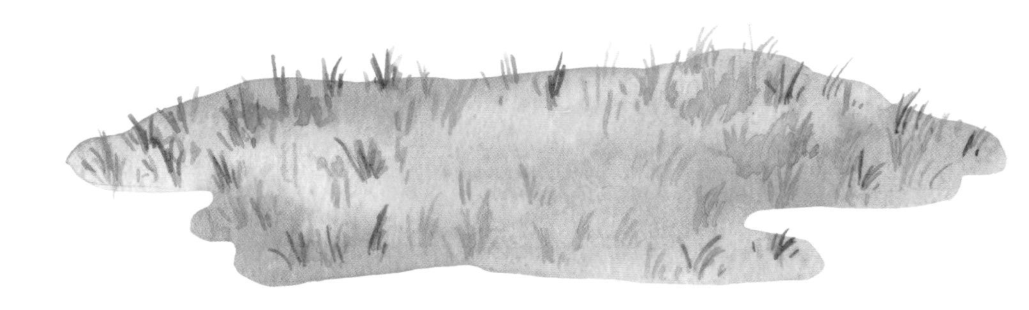

*자벌레와 메뚜기

꿈틀꿈틀 자벌레가 기어간다
나무 위를,
하지만 꿈틀꿈틀 한참을 가도
자벌레가 간 곳은 거기가 거기,

풀쩍풀쩍 메뚜기가 뛴다
볏단 위를,
하지만 풀쩍풀쩍 한참을 뛰어도
메뚜기가 뛴 곳은 거기가 거기,

느린 자벌레나 빠른 메뚜기나
일생 지내놓고 보면
에계! 거기에서 거기
꿈틀꿈틀, 풀쩍풀쩍….

*전군가도

언덕 위
내가 앉은 잔디 가느다란 사잇길로
개미들이 줄을 지어 지나간다
등에 짐을 지고 기우뚱기우뚱,

저 아래 신작로 위에도
큰 짐을 실은 덤프트럭들이
줄을 지어 달린다
전속력으로

개미들이 트럭을 보고 소리친다
"아저씨, 아저씨들! 좀 조심하세요
차 엉덩이 조금만 흔들고요,
그러다가 큰일 나겠어요"
햇살 받아 곧게 뻗은 전군가도*에서.

*전군가도: 전주와 군산 사이의 국도

*키다리게

저 바위 틈엔 무어가 붙어 있게?
바람에 씻기며
물결에 씻기며….

저 바위 틈엔 무어가 자라게?
별 보며
반짝이는 등대 보며….

키다리게, 산머루,
삿갓조개, 털머위…,
이런 우리가 모르는 쪼맨한* 것들
어떻게 거기서 살 수 있는지 도무지 생각 안 나는
이런 요상맹상한** 것들
살며시 숨어서
숨어서 살지.

* 쪼맨한: '조그마한'의 방언
**요상맹상한: '이상한'의 방언

*토마토 화분

지난 주 이맘때
할머니가 심어 놓은 화분 하나,

이사온 집 베란다에 햇빛은 가득한데
화분이 없어서 허전하다며
이것이 크면 주렁주렁 열리겠다고
할머니가 토닥여 심어 놓은
토마토 화분,

아차, 내가 한눈 파는 사이
목이 말라 축 늘어졌네
바가지에 물을 떠서
조금씩 조금씩 나눠 줘요.
이 물 먹고 어서
일어나라고….

*풀밭

풀밭을 오래오래 바라보다가 어느 날
그 풀밭 위에 떠가던 하늘 한 조각이 하얀 비늘을 벗고
내려앉는 걸 보았지요
풀밭에 바람을 일으키기도 하고
풀벌레 울음소리로도 되살아나
파릇파릇 번져갔지요

미처 내려앉지 않은 하늘은 둥둥 떠가다가
목화밭에 허리 굽힌 울엄마 허리에 친친 감기우고
골목 어귀에 내려앉은 하늘이 물고기 비늘처럼 반짝이자
개구쟁이들이 햇살바퀴 굴렁쇠를 굴리며 달려갔지요

그렇게 하늘이 조금씩 세상에 쌓이는 동안
풀밭은 또 새로운 하늘로 떠서 흘러갔지요

제3부

‘엄마와 도배하기’ 등 23편

*강아지 눈동자

겁도 없이 쪼르르 달려와서
내 얼굴 빤히 들여다보는,
까만 점이 박힌 작은 콧잔등이에
땀이 송글송글 맺힌 채
당신은 누구시냐는 듯
빤히 내 얼굴 들여다보는,

저 작은 강아지 눈동자 속에도
한 조각 하늘빛이
파아랗게 들어와 있다

한 점 겁도 없이 두려움 없이
구름 한 점, 티끌 하나 없이 바라보는
저 여리디여린 눈동자 속에도
파아란 하늘이
가득 담겨 있다.

*계절의 문턱에 서서

온 세상 빨갛게 달구던 해가
오늘은 나무 끝에서 떨고 있다
어제는 비가 마을을 적시더니
오늘은 바람이 숲을 덮는다
여러 날이 지나고
오늘은 또 오늘 할 일이 밀려오누나
보이지 않는 우리들의 하루하루여!

어제는 잎새마다 물이 들더니
오늘은 또 곰곰 생각난다
세상은 나 없이도 저렇게 변하는 걸까
언제쯤 난 나의 빛을 띠게 될까
어제까진 다른 사람 따라 하면 됐는데
오늘은 왜 이렇게 망설여지는 걸까?
아무도 없이 나 혼자 있으면 더욱….

*갯벌

바닷가 갯벌엔 가득
바람이 들어와 산다
철석, 철썩 파도가 칠 때마다
'휘유, 휘유' 휘파람 소릴 내는
바닷가 풀들

바닷가 갯벌엔 가득
햇살이 들어와 넘실거린다
갯벌 속에 숨어
꿈틀꿈틀 숨을 쉬는 조가비들

무릎까지 푹푹 빠지며
갯벌을 건노라면
발 밑에서 꿈틀꿈틀
바위 틈에서 '용용' 숨는
물고기들이
"나 잡아 봐라."
숨바꼭질 하잔다.

*기러기

활처럼 길게 휘어
편대를 지어 날아가는
기러기들아
이렇게 추운데
어디로 가니?
휘영청 줄지어
기차놀이 하며….

아니다, 아니다.
울 엄마 보고 싶어
울 엄마 남녘에 있어
날아간단다
기럭기럭 길게 울며
울엄마 찾아 하늘 끝까지라도
날아간단다.

*농악

장구잽이 잽싼 저 손놀림은
신라 때부터 이어온 손놀림,
상쇠 흥겨운 저 몸짓은
백제 때부터 이어온 몸짓이리니…,

아, 편대를 지어 날아오는
비행기 소리로 다가와
지축을 밟고
하늘 울리며 멀어져 가는
세찬 말발굽 소리여!

우리 앞에 닥친 고난
박차고 일어나
흐트러진 세상 바로잡고
또 다른 세상 향해 나아가는
힘찬 맥박이여!

자, 어서 가자

이 자리 떨치고 일어나

앞으로 앞으로

저 언덕 넘어, 저 고개 넘어….

*도토리묵 쑤기

아침 산책길
이슬 떨어지는 언덕을 넘다가
도토리 줍는 사람들을 보았다

그렇게 여기저기 떨어져
밟히는 것들이지만
보이지 않더니,
가까이 가 눈길을 주니
환하게 보인다

그것을 주워
씻고, 여러 날 말려
오래오래 끓이다 보면
이렇게 말랑말랑한
도토리묵이 된다

문득 깨닫게 되는 생각 하나라도
이렇게 가슴에 품고
오래오래 곯이다 보면
어느새 맛있는
시 한 구절이 된다.

*나물전

시장통 한낮 나물전
둘러선 아이들이 나물 이름 몰라 고개를 갸우뚱,
"할머니, 나물 이름 좀 가르쳐 줘요!"

두릅, 고사리 마을 사는 할머니가
산등성이 내려오며 취나물 냉이도 뜯고
텃밭에 재 뿌리고 심은 솔이랑 파도 뽑고
들녘 딸네 남새밭에서 시금치, 아욱, 상추도 뽑아
쑥갓이랑 돌나물이랑 고추, 마늘, 생강까지
골고루도 벌여 놓은 한낮 나물전

아이들 보시는 할머니 눈엔 햇살이 가득
나물 이름 따라 외는 아이들 입엔
햇살 담긴 우리말
나물 이름이 가득….

*마늘

떨어질세라 힘껏 부둥켜안고
좀체 떨어지지 않는 마늘 쫑지들

추운 겨울 이겨내고 이듬해 여름 뿌리내리며
서로 딱 붙어 물기와 햇빛 빨아들이며
오래오래 참아왔기에
저렇게 매운 맛이 드는 걸까

땅속 어둔 세상 견디며, 벌레와 싸우며
저렇게 오래오래 견뎌왔기에
입이 얼얼한 마늘이 되는 걸까

*밤에 본 천지연 폭포

조명등 흰 불빛 받으며
산등성이 기어오르는 저것은 필경
하늘에 오르는 용일 거야
캄캄한 연못 속에서 나와
절벽 바위를 타고
꿈틀꿈틀 올라간다

밤새 엄마들이 푸새하여
절벽 이쪽에서 저쪽에 널어놓은
흰 광목이나 옥양목일지도 몰라

아니면, 애오라지
아버지 눈 뜨게 하려고
흰 치마 둘러쓰고 인당수에 뛰어드는
심청이의 넋은 아닐까?

폭포 소리와 함께
아스라이 소리 지르며
자꾸만 연못 속에 뛰어들어
하이얗게 곤두박질친다

*먹시

추석이 지나면 외갓집에 가 먹시를 딴다
먹시를 봐도 세상이 온통 기적 같다
물기와 햇살만으로 어떻게 저런 큼지막한 감이….

감은 단단히 매달려 좀체 내려오려 하지 않는다
감 망태 고리를 감쪽지에 걸어 살짝 돌려야
마지못해 떼구르르 굴러 들어온다
점백이 아저씨처럼 큼지막하게 먹이 든 먹시들은
감 망태 속에서도 키득키득 웃고 있다

여리디여린 감 살 속에 먹이 드는 건 왜일까
기쁨 속에도 슬픔이 깃들 듯
감 살 속에도 햇살의 그늘이 드는 걸까
라고 생각하는 중에도 먹시들은
감 망태 속에서 키득키득 웃고 있다.

*병문안

병문안을 가니, 그분이
다시 한번만 더 환하게 웃어 보면
얼마나 좋겠냐고
미소를 띄우신다

다시 한번만 더 그렇게
우렁차게 소리도 질러 보고
기쁨에 넘쳐 신나게
노래 한번만 불러 보면
얼마나 좋겠냐고…,

그렇게
그렇게 그렇게…,
그러시며 내 손을
꼬옥 잡아주신다.

*사천왕상

절에 들어갈 때마다 눈 부릅뜬 사천왕상
“네 이놈!”
호통치시는 것만 같아 움찔 놀란다

절에 들어서서 부처님 눈썰미 보고
동자승 따라 염불 외다가
깜박 조는 사이,
전세를 꿈꾸네
댕그렁 풍경이 우네

나무관세음보살 목탁 소리에
처마 끝 화룡이 꿈틀거리고
이승이 한 겹씩 껍질을 벗네

마음 조이 씻고
씩씩하게 걸어 사천왕문 나서면
“무서워 마세요, 도련님

이제 부처님 되셨잖아요?”
빙그레 웃으신다.

*비둘기에게

너는 왜 가랑비가 뿌려도 날아가지 않니?
차가운 바람이 불어도 얼굴만 파묻고 있니?
새로 이사온 아파트 베란다
실외기 곁에 앉아
홀로 날개를 파닥이고 있는 비둘기야!

너도 누군가를 기다리고 있니?
누군가를 누군가를 그리워하고 있니?
베란다 곁 비둘기 한 마리가
나를 한참이나 생각하게 한다.

*성산 일출봉

까맣게 줄을 선 사람들은
오늘도 무얼 바라 저렇게
성산봉에 오르는 걸까

짐승처럼 엎드려 숨쉬는 등이
엄마 등처럼 평퍼짐해서일까
사람들은 서서 바다를 보고
하염없이 누군가를 부르고 있다
손나팔 소린 메아리 되어 퍼져가는데
자꾸자꾸 바다 쪽만 바라보고 있다

이윽고 숨을 쉬던 일출봉이
발을 뻗고 일어나 우릴 태우고
어디로인지 갈 것만 같다
쇠등에 탄 것처럼
흔들흔들 흔들린다

*아침산에 오르며

아침산에 오른다
하늘 한쪽 비추며
졸리운 듯 떠 있는 새벽달을 보며
부스스 눈 비비고 깨어나는 불빛을 보며
산길을 간다
살랑살랑 어깨 흔드는 바람이랑 손 마주 잡고
앞서거니 뒤서거니 함께 가자는 새 떼랑 더불어
산등성이를 넘는다
안개 자욱한 골짜기 지나 별이 내린 곳
나뭇가지 새 햇살등 켜지는 새들의 나라로.

비비뱃종뱃종 찌르르찔룩찔룩 호이호
새들의 말에 귀를 기울이노라면
어느새 나는 왕관처럼 머리에 햇살을 두른
아침 나라의 왕자가 된다.

*아침 새

창가에
반짝이는 아침을
물어다 놓는다

막 잠에서 깨어난
나의 이마에
이슬 머금은
음악을 들려준다

눈이 부시게
또 하루가 시작됐노라고,
비비뱃종 비빗종-
또 새로운 일이 일어날 거라고…,

희망의 종소릴
가슴 깊이
새겨 놓는다.

*아침 한때

들국화
또 그 앞 잡초에 섞여 조랑조랑 매달린 돈부콩
키 작은 찔레나무
그리고 그 뒤에 서 있는 나,
모두모두 다소곳한 자세다

이렇게 호젓한 곳에서도
각기 나름대로 햇살 속에 서서
지나온 날들보다 더 빛나는
아침 한때를
맞고 있다.

*어느 새 울음

산등성이 타고 오르면 거기 새들의 나라,
바람 타고 새들이 날고 있었네
하늘을 나는 새들의 울음소리
땅에 떨어진 새들의 지저귐
낙엽 밟듯 밟고 걸었네
호라잇, 짹짹, 찟찟찟찟, 우리말의 자음 모음들을
밟고 걸었네

그러나, 자세히 들으면 제각기 다른 소리
'호라잇'은 새아침이다, 기분 좋다는 소리
'짹짹'은 빨리 세수하고 건넛산에 가자는 소리
그런데, '찟찟찟찟'은 "엄마, 나 배 아파요."
칭얼대는 소리, 그 소리 하나가
산모롱이 돌아서는 내 귓가에까지 따라왔다

*엄마와 도배하기

몇 년 전 우린 지하방에서 살았다
방은 어두워 불을 켜야 했고
늘 보일러 소리에 귀가 먹먹했다
비 오는 날은 눅눅해 창을 열어야 했지만
없었다, 하늘을 볼 수 있는 창이….

어느 날 쾌활하신 목소리로
엄마가 말씀하셨다. 도배라도 하자고,
우선 핑크빛 종이로 벽을 바르고
한쪽 벽에 내가 창문을 그린 다음
엄마가 초록색 커튼을 달았다
어느새 확 달라진 분위기에
우린 모두 손뼉을 쳤다
그때 우린 꼭 이긴 기분이었다

그리고 지금 우린 이렇게
창이 있는 집에 이사 와 살고 있다

그리고 그때의 창이 내내
내 마음의 창이 되고 있다

*임실 고추

임실 고추도 같다
처음엔 말랑말랑한 파란 막대과자 같다가
불볕 아래 코피가 나게 쏘다닌 뒤론
언제 그랬냐는 듯
들녘 그 뜨건 불볕 아래서
울긋불긋 매운 고추로
익어 간다

게다가 그곳 날씨가 오죽 변덕스럽던가
한번은 나무에 올라가다가 떨어진 일
인근 방죽에서 미역감다가 빠져 죽을 뻔한 일
볏단 위에서 병정놀이 하다가 떨어져
팔이 부러진 일, 엄마는 나를 업고
읍내 병원까지 종종걸음쳤었지

그렇게 세월이 흐르는 동안
고추는 어느덧 윷가락 같은

굵고 붉은 고추가 되어
마당 가득 멍석 위에 널려지거나
푸대에 가득 담겨 세상 곳곳으로
팔려 나갔다.

*저녁에 · 2

우리는 늘 무엇인가를 기다리고 있나 보다
심심할 때 이야기 하나를 기다리듯
입이 궁금할 때 사과 한 알을 기다리듯
우리는 퇴근 무렵 아빠 손에 들려진
그 무엇인가를 기다리고 있다

아빠 손에 들려진 건 언제나
서류뭉치가 든 묵직한 가방뿐이지만
우리들은 아빠 소맷귀를 잡고 매달려
팔뚝을 늘이고 어깨를 밟아
하룻동안 찌그러진 아빠 몸을
반반하게 펴 놓는다

오늘도 책을 읽다 잠든 사이
언제 오셨는지 아빠가,
이불깃 당겨 덮어주며
"언젠간 우리 집에도

휘파람 소리 들려오겠지?"

중얼거리시며

조심조심 우리 손에

노오란 귤 하나씩을

쥐어주신다

*엔징 사람들

대대로 산 밑 염정에서
짠 흙탕물 길어 올리며
염전을 일구어 살아가는 곳
티벳 땅 엔징…,

오늘도
물통에 소금물 가득 지고
넘어질 듯 넘어질 듯
비탈진 흙길 오르는
엔징 여자들…,

그래도, 집 한쪽 마당에선
멍석 깔고 옥수수 껍질 벗기며
다정히 얘기하는 손녀와 할머니 모습이
어쩌면 그렇게도 우리네 모습과
똑같을까 똑같을까?

*푸성귀 장수

아침부터 늦은 저녁까지 앉아 계시네
깻잎, 풋고추, 상추, 오이까지
주렁주렁 푸성귀들을 거느리시고
종일 쪼그리고 앉아 기다리시는
푸성귀 장수 할머니,
상추처럼 자울자울 조시다가도
"여기 오이하고 상추 좀…."
하면, 퍼뜩 깨어 무릎 짚고 일어나
"옛다! 고맙대이."
내미시는 나무껍질 같은 손등이
할머니 작은 웃음보다 더 안쓰럽다.

오늘 나는 오이와 상추 말고도
할머니 안쓰런 마음 가슴에 안고
집을 향한다.

제4부

'펭귄' 등 14편

*겨울 나무 · 2

잎사귀에 실비라도 뿌려지거나
가느다란 바람 목도리만 목에 둘러도
가쁜 숨 쉬며
파릇파릇 눈 틔우던 가지 끝에는
호롱호롱 새들의 이야기가
눈꽃송이로 피어나고,
쏘옥쏘옥 손 내밀며
풋열매 조롱조롱 매달리던 가지 위론
흰눈이 쌓여
겨울 나무는 어느덧 꿈꾸는
눈나라 백성이 된다

얼음 땅에 뿌리를 내리고
찬 바람 맞고 서 있어도
엷은 햇살 옷 입고
가늘게 빨아올린 물기로 가슴 적시며
눈을 안으로 뜨고

오래오래 봄을 기다리는 착한
눈나라 백성이 된다.

*겨울 밤 · 2

솨-솨-, 눈보라 흩날리는 겨울 밤
쩡-쩌엉, 둠벙에서 얼음 갈라지고
덜그덕덜그덕, 곳간 흙벽에선
농기구들이 몸을 부딪는다
파르르 파르르, 문풍지 떠는 소리
콜록콜록, 할아버지 기침 소리

푸시시푸시시 따다닥,
매캐하게 콩깍지 타는 소리
쌔액쌔액, 가마솥에선 쇠죽이 김을 뿜는다
어그적어그적, 외양간 소는
여물통 여물을 베어 먹으면서도
무-무우-, 눈 끔벅이며
한겨울 그 가장 깊은 곳을
바라보고 있다

*노송

비가 오나 눈이 오나 앞산 바라보고 서서
모진 바람 이겨내느라 허리 굽은 노송,
저 노송처럼 우리 할매도
등이 휘어 있다

여름내 밭 매시고 아침이면 새벽기도 가시는
우리 할매 호령 소리처럼
바람 부는 날이면 저 노송도
이따금 칼바람 소리를 낸다

*눈사람 만들기

영이와 철수가 눈사람을 만듭니다
영이는 부리부리한 솔방울 눈,
철수는 오똑한 소나무 관솔 코,
영이와 철수가 대견해서 바라봅니다

하지만, 눈사람은 속으로
"쳇! 코를 이렇게 비뚤게 해 놓고,
부리부리한 이 눈은 또 뭐람?"
울상 짓고 있습니다.

*동방박사 별

성탄 연극 때였다
'동방박사 세 사람'에서 내가 '큰별' 역을 했다
엄마는,
"에계, 요셉도 아니고 '큰별'이야. 대사도 없던데…."
하셨다.
하지만 난 '큰별' 역이 좋다
길을 인도해 주는 별이니까.

별이 되어 아랫세상 내려다보니
아기 예수님께 선물 바치는 세 박사님 말고
사람들이 많이 와 있었다
돈이 없어 선물도 못 갖고
고마운 마음만 갖고 경배드리는
많은 사람들이….

*백호

호랑이굴 속에서 나와
홀로 어슬렁어슬렁 걸어다니며
"어서 가서 너희들 일이나 혀."
나무라듯
우릴 보고 있다

검은 줄무늬가 뚜렷하지만
배로 등으로 난 털이
하얗게 실룩거리며
호랑이의 위엄이
하얗게 빛난다

"와!"
사람들은 감탄하며 몰려들다가도
무서워서 뒷걸음질 치며
무언가 홀로
현대 사회를 향해 꾸짖고 계시는

수염이 허연 할아버지를 보고
연신 머리를 조아리고 있다

*붕어빵 아주머니

버스정류장 옆 비닐 포장 안엔
언제나 웃으시는 붕어빵 아주머니,
기다리는 사람들에게 따끈한 붕어빵 구워
함박웃음도 담아 주시는 붕어빵 아주머니,

저녁 땐 찬바람 맞으면서도
백열등 켜 놓고 따끈한 국물 끓여
누군가의 가슴 따뜻이 데워주시는
함박웃음 아주머니,

내일도 모레도 포장마차 안에서
누군가를 기다리며
불빛 환히 켜 놓으실까?

*성모상 · 1

동네 어귀에 있는 느티나무처럼
말은 없으시지만
들어오는 사람마다 눈길 주시는…,

앉고 싶으면 앉고
하고픈 말 있으면 하라는 듯
부드러운 눈길로 등 다독여주시는…,

아니면, 그냥 앉았다라도 가라고
속삭여주시는…,

먼 하늘 바라보시다가도
무언가 말씀 나누고 싶어
오는 사람, 가는 사람
이윽히* 바라보시는 한 어머니가
거기 계시네.

*'그윽이'의 방언.

*숨바꼭질

아무도 모르게
혼자 있고 싶을 때가 있어요
아무도 나를 찾지 않고
아무도 나에게 말을 걸지 않아요
그때 나는 나를 감싸고 도는
바닷물 소리 같은 내 소리를
들을 수 있어요.

아무도 모르게
숨고 싶을 때가 있어요
땅도 보이지 않고
하늘도 보이지 않고
캄캄한 벽만이
나를 봐요
그때 나는 우두커니 쪼그리고 앉은
내 모습을
볼 수 있어요.

*시장 골목에서

6학년이 된 후로 처음 시장에 갔다
입구부터 가득 쌓인 옷가지들
과일 가게, 더 들어가면 생선 가게들까지
시장에 가면 언제나 눈이 휘둥그레진다
우리가 사는 데 이렇게 많은 것들이
필요한가 하고….

이제까진 엄마만 따라다니면 되었는데
오늘은 내가 엄마를 앞장섰다
관절염이 있어 걸음이 느리신 어머니,
오늘은 내가 엄마를 모시고 간다
호빵, 팥죽, 빈대떡, 순대…,
먹자골목에 들어서니 모락모락 이는 김이
식욕을 자극한다.

오늘은 내가 엄마에게 한턱 내야지,
국물이 있는 따끈한 국밥 한 그릇으로.

*항아리

까만 간장 우러날 때까지
뒤란 장독대에 오뚝이 서 있는 항아리들,
오늘도 메주와 소금 품고
다소곳이 서 있다.

고운 피부 날씬한 몸매 아니라서
부끄럼 머금은 표정인 듯도 싶지만
오랜 세월 비바람 맞고 어둠 견디며
넉넉해진 가슴…,

마침내 주인마님 오셔
고운 손가락으로 간장 맛 찍어 보고
빠알간 고추나 가벼운 참나무숯 넣어
진짜 간장 맛 우러날 때까지
참고 기다리려는 듯 다소곳이….

오로지 저 푸른 하늘 한번 안아 봤으면
그래서 하늘 스민 간장 맛 한번
품어 봤으면
하는 마음으로….

*호랑이 나라

오늘도 호랑이는
우리 마을에 내려온다
이렇게 첫눈 오는 밤이면 함박눈 맞으며
산을 내려와
먼 곳까지 닿는 코를 벌름거리며
냄새를 맡는다

백두산에서 한라산까지 펄럭이던
호랑이 나라의 깃발은 이제 없어졌지만
길게 고개를 내밀고
무엇인가를 찾고 있다

'호랑이와 곶감' 이야기 속
울고 있던 아이를 찾는 걸까?
울음을 그치게 한 곶감을
찾고 있는 걸까?

아직도 첫눈 오는 밤이면
호랑이들은 우리 마을에 내려와
어슬렁거리며 눈빛 반짝이며
없어진 호랑이 나라를
간절히
기다리고 있다

*호박죽

들녘에 부는 바람은 시시각각
배고픔을 더해 주었다
빗방울이 호박잎을 두들길 때면 우리는
엄마 치마폭을 잡고
엄마 배고파, 엄마 배고파 칭얼대곤 했다
그럴 때마다 엄마는
저 애호박이 크면 호박죽을 끓여주마, 끓여주마
우리들 머리를 쓰다듬곤 하셨다
우리는 곧 엄마 품에서 쌔근쌔근 잠이 들고….

낮에는 따끈따끈한 햇살이 애호박을 만지고 가고
저녁이면 심술궂은 바람이 호박을 굴려도 보고
아침 이슬이 곱게 내려
뒤안 가득 어른 머리통만한 호박이
주렁주렁 열렸을 때
엄마는 드디어 그 누런 호박을 따서
쌀은 한 줌만 넣고 물은 바가지로 붓고

쑹덩쑹덩 호박을 잘라 질펀하게 죽을 끓여
한 솥단지 가득 방안에 들여놓았을 때
아! 온방 가득 채우며 반짝반짝 빛나던
그 황금빛 기쁨이여!

*펭귄

윤성빈 형아가 쪼그려앉기 자세로
1미터도 넘는 통 위로
풀쩍풀쩍 뛰어오르며 연습하듯이
몸을 꼿꼿이 세우고
남극바다 얼음물에서 빙하 위로
풀쩍풀쩍 뛰어오르는 펭귄들,

형아는 마침내 동계 올림픽에서
금메달을 땄는데,
너희들 펭귄은 언제 대회에 나가려고
그렇게 연습만 하고 있니
연습만 하고 있니? 펭귄들아.

*책 끝에

기쁜 축복임을 느끼며

이 시들을 마음이 외로운 어린이들에게 바칩니다.

또한 어렸을 적의 나에게도 바칩니다. 나도 어렸을 적에 많이 외로움을 느끼며 살았거든요. 6·25로 아버지를 여의고, 5학년 때에는 어머니와도 같이 살 수가 없어 우린 고향을 떠나 대전에서 살게 되었지요. 거기서 초등학교, 중학교를 거쳐 고등학교를 졸업할 때까지 거의 8년 동안을, 물론 좋은 일도 많이 있었지만 나는 거의 나 혼자만의 생각과 외로움 속에 묻혀 산 것 같아요.

그래서, 나중에 그때를 생각하며 이런 시들을 쓰게 되었고, 그 시들 속에서 마음의 위안을 느끼게 되었습니다. 하나하나가 다 작은 시들이지만, 시 한 편, 한 편을 쓰면서 우리말의 아름다움을 새삼 깨닫곤 했지요, 이런 시를 쓰는 일은 고통스러우면서도 너무나

크고 기쁜 축복임을 느꼈습니다.

저의 제1동시집은 1990년도에 출간되었었는데, 절판되어 지인들에게 나눠 드리기 위해 재발간하게 되었고, 제3동시집과 제4동시집은 이번에 새로 정리하여 출간해 여러분들에게 올리고자 합니다.

이 시들을 동심을 갖고 살아가는 모든 청소년, 어른들께도 바칩니다. 이 중에 어느 것 하나라도 읽고 좋아하는 이가 생긴다면 얼마나 좋을까요?

2025년 3월

지은이 진 홍 원

도토리묵 쑤기

진홍원 지음

발행처 도서출판 청어
발행인 이영철
영업 이동호
홍보 천성래
기획 육재섭
편집 이설빈
디자인 이수빈 | 구유림
제작이사 공병한
인쇄 두리터

등록 1999년 5월 3일
(제321-3210000251001999000063호)

1판 1쇄 발행 2025년 3월 20일

주소 서울특별시 서초구 남부순환로 364길 8-15 동일빌딩 2층
대표전화 02-586-0477
팩시밀리 0303-0942-0478
홈페이지 www.chungeobook.com
E-mail ppi20@hanmail.net

ISBN 979-11-6855-323-1(03810)